풀씨를 심는다는 것

풀씨를
심는다는 것

김형오 시집

열림원

모국어의 논배미 곁에 놓인
쑥 광주리 하나

곽재구(시인)

　김형오 시인은 허드슨 강변에 자리한 물새 많은 강마을에서 서른 해쯤 델리가게를 하며 살고 있다. 생이 펼쳐 놓은 우연의 그물 안에서 나는 그의 집에 며칠 동안 머물렀는데 그의 삶에 스민 반짝이는 눈물 몇 방울을 보았다. 그가 내게 처음 해준 이야기는 뒤뜰에 자라고 있는 한 그루 나주배나무 이야기였다. 서울에서 공수해온 애기배나무 다섯 가운데 겨우 하나가 살아남아 그해 봄 첫 꽃을 피운 이야기며 그 꽃빛이 저미게도 고와 사진도 찍고 늘 창가에 서서 바라보곤 했는데 어느 날 거짓말처럼 몇 알의 배가 열리고 그 배가 조금씩 살이 오르던 초여름 뒷산의 사슴 몇 마리가 내려와 다 훔쳐 먹더라는 얘길 하며 껄껄 웃는 것이었다.

나는 그의 말 속에서 상처받지 않은 고향의 원형질을 느낄 수 있었는데 시집 『풀씨를 심는다는 것』에서 이 원형질은 모국어에 대한 짙은 향수로 되살아난다. 이역만리 남의 땅에서 서른 몇 해를 사는 동안 맺히고 얽힌 삶의 그늘들이 만만치 않을진대 그에 대한 진술들이 거의 드러나지 않는 이 시집의 원고를 읽어가며 나는 모국어란 이렇게도 끈질기고 아름다운 눈물방울인가 하는 생각을 거듭 거듭 하지 않을 수 없었다.

안개 새벽부터
논배미가 시끄럽다
아내가 곁두리 이고 왔다
어 각시 배가 좀 불렀네 히히

시가 고상한 언어의 꿈이며 값진 이미지의 축제라는 생각 같은 것을 그의 시에서 찾기란 어렵다. 모국어의 논배미 곁에 놓인 조그만 쑥 광주리 하나가 그림처럼 자리할 뿐이다.

오로지 한국어의 꿈과 정감으로 빚어진 시편들을 21세기의 맨해튼 가까운 강마을에서 읽는 기쁨이 크다. 인생의 소중한 시절 한때를 중동의 건설현장에 바치고 이역의 땅에 흘러들어와 사는 동안 그가 놓지 않은 한글 사랑의 냄새들은 가슴을 덥게 한다. "풀씨를 심는다는 것은 / 흙 한쪽이 비어 있는 것"

이라고 그는 밝히고 싶어한다.

　오래 떠나온 고향, 매일 살 부비며 살지 못한 모국어에 대한 비어 있는 마음을 시인은 에둘러 이야기하고 있는 것이다.

차례

책머리에 곽재구_ 모국어의 논배미 곁에 놓인 쑥 광주리 하나 · 5

언덕을 오르다가 · 13

봄 서울 · 14

들키다 · 15

몸 던지기 · 16

능금 마을 · 17

서른셋 · 18

풀잎에 무너짐 · 19

꽃가마 · 20

안개를 걷다 · 21

우리 노래 따로 부르기 · 22

나비 달을 물다 · 23

신발가게에서 · 24

물보라 · 25

풋 술 · 26

어머니 · 27

수더분이 · 28

마야에 빌며 · 29

고래 한 마리 · 30

해 바라기 말 · 31

사공님 물살 쳐요 · 32

옛집에 와서 하룻밤 · 33

어데서 보았을까 · 34

편잔 콩나물국 · 35

꽃을 다시 보면 · 36

낮달이 떴다 · 37

김장 무 한 다발이 · 38

달에 바람 들어 · 39

마을버스에서 내려 · 40

첫 멀미 · 41

잎이 없는 것들 · 42

고무공 · 43

판소리 세 마당 — 님 앞에서 밤바람 탄다 · 44

요즘 날씨 · 46

엄마도 거짓말 · 47

고래 등을 타고 · 48

실밥 · 50

춤바람 · 51

그쪽으로 기울어 · 52

헛걸음 · 53

마늘밭을 지나며 · 54

열예닐곱 · 55

갯돌에 젖어 · 56

겨울 한 묶음 · 57

단추를 옮겨 · 58

봄 무침 · 59

크낙새를 찾아서 10 — 우리 포세이돈이여 · 60

크낙새를 찾아서 11 · 62

크낙새를 찾아서 12 — 완서님께 꽃씨를 부치며 · 63

크낙새를 찾아서 13 · 66

크낙새를 찾아서 14 — 갓대 솔바람 · 68

크낙새를 찾아서 15 — 김용택 도랑치기 · 69

크낙새를 찾아서 16 — 들깻잎 안옥희 · 70

크낙새를 찾아서 17 — 귀래정에 올라 · 72

크낙새를 찾아서 18 — 가거라 38선 · 74

크낙새를 찾아서 19 — 이어야사나 · 76

크낙새를 찾아서 20 · 77

써레를 끌다 · 78

오막살이 집 한 채 · 79

외상술 · 80

예순여섯 · 81

풀물 · 82

안옹근이름씨 · 83

물에 떠서 · 84

해설 장은정 _ 어두워짐으로써 밝히는 일 · 85

언덕을 오르다가

언덕

히말라야
무턱대고 기어오르라
세워 놓은 게 아니다

달마저 보름걸이 더듬어 뜨라고
디딤돌 길목마다
눈비 뿌려 꽁꽁 얼려 놓았지

자꾸 미끄러져 내리더라도
나이아가라 서너 가닥
골짜기 어디쯤에서
홀로 부풀어 울지 말라고

물 언덕
우습게 덤비지 말라고

봄 서울

건드리지 마라 저
몸 가만하게 내려
스스로 말미암고 있거늘

펑퍼짐 널브러져 이웃들
서로 아깝게 보살피면서

안팎으로 참 시끄럽다가도
다들 버틸 자리를 지킴

더 두고 보아라 그냥
저절로 그러하지 않느냐

들키다

풀씨를 심는다는 것은
흙 한쪽이 비었다는 말
얼떨결 날씨를 밟고
울 넘어 진달래 훔치다
봄날이 들켜

몸 던지기

휙 버려 그까짓 것

잉글우드 클리프에서 김원숙이
두 발 높은 굽 삐딱거림 빼들고
멀쩡한 원피스 차림으로
몽땅 내팽개치는 것 보았지

솔개 하늘 따라 빙빙 돌다
밥술에 홀려
냅다 땅바닥에
부리 꽂는 것도 보았지

억새풀 곁가지 자근하게 흔들어
잎사귀 하나씩 피우다 말다
검붉은 속살을 불러

매 맞는 것까지 다 보았지
기껏 깨지고 돌아와 망설이긴
그까짓 몸 하나
확 던져

능금 마을

봄여름 햇볕이 뜨거웠고
비도 예쁘게 자주 뿌려
올 고추 금이 좀 빠졌기로
거 무턱대고 놀금하지 마라
골바람 철새 도사리 풋바심
우리 마을은 능금 배짱이다

서른셋

안개 새벽부터
논배미가 시끄럽다

아내가 곁두리 이고 왔다
어 각시 배가 좀 불렀네 히히

무시근 수줍다 할까
품과 품다의 사이가 아득하다

풀잎에 무너짐

술청마저 밀쳐놓고
마을 밖에 나앉아
몇 밤을 길섶에 갇히다 보면
어느 새벽쯤
불꽃 두어 줄기 서둘러
댕기고 싶지 않으랴
머무르기도 버거운 자리*에
어둠까지 야금야금 축내면서 또
한 열흘 더 엎드리다
섣부름 혜집고 이슬 서너 방울
풀잎에 무너짐

* 응무소주 이생기심(應無所住 而生其心)

- 금강경 분제십(金剛經 分第十)

꽃가마

홑이불 끝자락을 호다가
어찌 바늘에 찔려 어머니
가만히 검붉은 속 닦으며
너희들 헐렁하게 덮으라고

안개를 걷다

숲 속 나무들은 서로
지킬 만큼의 자리를
외로 끌어안고 간다

우리 노래 따로 부르기

멀리 나돌며 헐겁게 살다
나 못내 이승에서 쫓겨나
어느 저승 벌판에 던져지더라도
온갖 빛깔의 사람들 앞에 나서
그때도 밤낮없이
우리말 내 노래 한글로 부르리

나비 달을 물다

해 보다 먼저
풀꽃들 잎 여는 소리 옆에서
다시 보따리 싸 들고 건들건들
풀잎 지나 꽃술에 기웃거리며
한 끼 부칠 자리 틀어줘다

대낮 조각달은
제 속마저 거슬러 버럭
숨부터 거칠게
바닷물 훌훌 끌어다
멀쩡한 들판을 뒤엎어서

온몸 가득
흙먼지 뒤집어쓰며 투정만 부리다
날개 촉촉이 접은 채
뿌옇게 물러나

나비 달을 물다

신발가게에서

손님께서 고르신 구두가 하도 예뻐서 곱게
싸 드렸는데요
저 그런데 얼떨결에 사긴 했어도 신어 보다가
잘 맞지 않으면 물러 줍니까

물보라

물이라면 물
알다가도 거 모르겠습디다

저들끼리 앞다투며 치받을 때는
버들치 따위 끼어들지 말라더니
새털구름 그림자 얼씬만 해도
시름시름 앓는 척 무너져

그믐달 속눈썹에
크렁크렁 매달리며
어디라도 꼭 철벅대면서

무르팍 여울여울 여물다
풀포기 밑동을 무릇
무름하게 적시며

물보란들 여태
제 한길 속을
차마 알겠습니까

풋술

벌이
꽃 옆에서 벌벌 떨다
돌아가 몰래
술을 빚는다

어머니

그리 서둘러
돌아설 참이십니까

삐진 발목 고쳐 주시던
두 손 뒤로 접으시고
정녕 몰라라 하시렵니까

핑계만 어여쁘게 펄럭이는
이놈은 아직 여기에 있고

어머니 거기는
오늘따라 비바람이 무겁사온데

거울 앞을 막 지나
죄다 흔들리시며 그리
가셔도 되는 겁니까

어머니

수더분이

숫제 눈 귀 멀어
너의 담벼락 더듬거림은
머릿내 자그시 흔들려서
안팎으로 는개를 품다가
속적삼 흥건하게

분이 내 수더분이

마야에 빌며

꿀벌 발톱 밑에 숨어
철없이 뛰어놀던 옛 마을에
대낮 도둑이 들어
흘깃흘깃 뒷바람 훔치다

어찌 돌담마다 쪼그라들었으며
한때 쓸 만해 보이던 소나무들은
다들 어디에 숨었을까

아름드리 느티나무 하나 겨우
아무짝에도 못 쓸 심줄을 풀어
늙어서도 헛기침깨나 흘리며
도깨비 둥지를 털어 내다

더는 물러설 자리도 없어
얼결에 곡두 껍데기 붙잡고*
부들부들 마야에 빌며

* 잉불잡란 격별성(仍不雜亂隔別成) - 법성게(法性偈)

고래 한 마리

조금 아까 이 앞으로
고래 한 마리 내빼는 것
누구 못 보았소
우리 아버님이 애써 기르시던
얼룩무늬 밍크고래

해 바라기 말

나라고 어찌
너에게 하고 싶은 말이 없겠어
여태 보채며 숨겨온 걸
오늘 저녁 불어 버리면
밤마다 내려와 소복소복 자라는
새끼 별 다 놓치고
첫새벽
샘물 길러 가는 너의 옆모습
다시는 못 볼까 봐
이러고 있는 거야
속엣말 하나 이름보다
못 이룸들 더 키워야 해

사공님 물살 쳐요

속
뒤비질라 꽉 버텨
열네 살 때부터 여태
배운 게 이것뿐이야
두물머리 싸게싸게 건너
갔다 왔다 쉰일곱 해 넘게
고꾸라져 물 먹기를 마치
밥 먹듯 삿대 밀었다니까
겹 물살 꺼풀 그냥 냅 둬

옛집에 와서 하룻밤

낮에 멀쩡하던 날씨가
밤 깊어 별안간 왁자그르르
번쩍 번개 갈라 치고
우레가 하늘을 깨부쉈는지
소낙비가 마구 쏟아졌다

어데서 보았을까

엄마는 얼룩빼기에다
우리 아빠는 누렁이였대요
언니들과 나는
코빼기와 꼬랑지가
아빠 엄마 빼닮느라고
냇물이며 언덕인들
펄펄 날아다닌답니다
그런데 참 알다가도 모를 것이
서울 아파트 엘리베이터 타고
위로 올라가던 저 애들이
뜬금없이 번지는 불나비에 홀려
벌판 냅다 뛰어다니는 우리를
어데서 보았을까

핀잔 콩나물국

고샅 새벽을 쓸고 길들이
골목마다 꾸역꾸역 걸어 나와
으레 옴팍 할미국밥집에 모이면

한 몸 키워 낸 꼬리 잘라 버리고
노랫말처럼 굵은 머리통에
잘록한 허리 마디들만 골라
실파 쫑쫑 섞은 콩나물국밥

깍두기 여남은 성글게 둘러앉아
함께 불러와요 한 그릇에 2,490원
(술값은 따로랍니다)

누가 옆에다 조그맣게 휘갈겨 놓은
'쓸개 빠진' 핀잔을 훌쩍훌쩍

꽃을 다시 보면

가지 하나에서
잎이 열리고 꽃불 진다는 게
사뭇 다른 말 같아
눈치 없이 물어보고 있습니다

하루 밀치고 나서면
갈래 길 한쪽에 모개로 걸어
뒤태 기웃거리지 말라 하시던
어머님 말씀 깜박 잊고
대낮에 어둠같이 허덕입니다

꽃을 다시 보면
저 많은 일들이 어찌 다
같은 가지에서 이루어지나요

낮달이 떴다

하 이런 날엔
아파도 싸다

김장 무 한 다발이

모래네 럭키슈퍼 마당에 김장 무
대여섯 묶어 한 다발이 2,855원
거 너무 비싸다고 해 봤자
김장감 매니저님 말씀은 우리도
처음부터 짤 만큼 짜서 부친 건데요

배추 무 쪽파가 들고 나서며
2,855원이 싼 것이 아니라
올해 무 값은 우리가 매길 테니
그냥 받아 주시길

달에 바람 들어

못가에 실물결들은
들바람이 심심할 때 언덕 옆구리를
간질여 차곡차곡 번지는 걸 보았다

난바다 큰 너울이 뿔을 세워
갈매곶 너럭바위를 두들겨 울리면
달님이 또 트집을 잡는 줄 알았다

우리 어머니 새색시 적
숯으로 그린 눈썹달 하나가
바람을 키워 가지고 논다는 것과

그 달은 새벽마다
뒤뜰 김칫독 옆에 숨어들어
어머님 말씀을 받아가는 걸

몰래 훔쳐보기까지 꼬박
예순대여섯 해가 걸렸다

마을버스에서 내려

마을버스에서
옷깃 스치며 빠져나와
너는 또박또박 모퉁이 돌아가고
나 홀로 우두커니
성에 낀 그물을 치는 사이
햇살이 무너져 앞이 어둡다

첫 멀미

밤새
소낙비 퍼붓더니

앞 냇물이 불고
속없이
나도 따라 불어
붕 떠가는 거

곧
큰 바다를
이루게 되는 일

온몸 허우적이며
멀미를 보채다

잎이 없는 것들

입이 막힌 늦가을부터
나뭇등걸마다 잎을 품고
섣달 보름 좀 넘어서면
벌서 봄 입술이 간지럽게
가지 티눈마다
두런두런 말 배워
잎들 하나씩 열리는 날엔
서로 나서며 꽤 시끄럽겠다

고무공

애들이 휙 걷어찼다
자갈밭이 휘청
어디로 튈 것인가

판소리 세 마당
— 님 앞에서 밤바람 탄다

열예닐곱 제 때깔로
그넷줄에 속치마 얼비친다
나서서 말리지 마셔요

한 줄 빨강댕기 물들어
목에 와 휘감기는 메질 뒤에
거듭 사또님께서 닦달하시면
두 무릎 꿇고 힐끗 밀어 보셔요

버선코 지긋이 받치다 말고
님 앞에 우르르 넘어지며
덜 미쳐 버릴 삭신이

거짓말 하나 휘어 낭창
쑥대머리 밤바람 탄다 해도
어둑어둑
달아 내셔요

이 글을 쓰면서 —

어느 봄날, 서울에서 어린 나주배나무 다섯을 뉴욕으로 데려왔다.

뒤뜰에 자리 내고 잘 보살펴 주었는데, 첫봄엔 모두 씩씩하게 잎을

피우더니 그 여름에 두 아이가 시름시름 넘어졌고, 여섯 해 만에

겨우 한 녀석이 배꽃 몇 다발 훤히 내걸었다.

자리 옮겨 살아 내며 제 몫을 챙기는 일이 참 힘들다는 것.

요즘 날씨

느닷없이 들림 번쩍
버티다가 맞들림
맞들림 쫀쫀하게

잘 챙기지 못해
옆으로 흔들리다
쓸모없이 내돌림

천둥 번개 한참
무섭게 퍼붓다 갬

엄마도 거짓말

아버님은 만날 우리에게
알아듣지도 못할 참말씀들을
똑같이 하시는 거야

달빛이 제멋대로 번지다 보면
꼭 별들이 자빠질 거라든가
애먼 옛날 분들 이야기 끌어다
대놓고 밀어붙여야 되는 것

진작 말리지 못하겠다 싶어
그래 끝이 돌아야 처음이란다

옆에서 가만히 듣고 계시던
엄마도 덩달아 거짓말

고래 등을 타고

울돌목 칼바위에서 고래 등을 타고
물결 받아치며 베링을 건너다

번개 비켜 우레 밑을 지날 땐
무너져 쏟아지는 구름 덩이에
이마 한쪽을 찢긴 채 겨우
툰드라 끄트머리 흰곰마을에 들어

멀리 오로라 비스듬히 바라보며
옆구리에 차고 온 도시락을
막 까먹을 참인데
물범 서너 마리 옆으로
눈 흘기며 지나다

이쪽 나라는 날씨마저 따로 없어
메탄을 물고 오존이 바스러지면서
눈치 또한 쌀쌀맞게

어제가 처음이듯
더욱 힘을 뻗쳐라 고래*야
얼음 달래면서 앞길을 켜

* 아라온 북극쇄빙선

실밥

아범아 저게 웬 실밥이냐
밥이 아니고 금이랍니다
뜬금없이 웬 돈줄이라니
애들이 사금파리로 여기저기
금을 그어 놓았다니까요
거 참 좋은 일인가 보다
우리가 돈 밭에서 산다니

춤바람

민무늬 흙살 숭늉 대접 하나
아버님 자리끼에 걸터앉아
처마 끝 안달 먹구름 춤바람
죄다 거느리며 몇 아흔아홉 해를
게으름 되게 깊다

그쪽으로 기울어

부끄럼 타는 곁가지이고 싶다

철없이 젊은 탓
깔림도 무겁거니

큰 이름들 사이에
외침보다 더 힘들 일 하나로

들짐승 심줄은 끊어
열나절 깃발 펄럭이거늘

가짐의 믿음을 씨 되게 지녀
이녁 가난이야 애써 가꾸면

뒷날 우리들
부피마다 기쁨이게

이 쩨쩨한 뜻 앞세워
그대 눈의 철을 지키며

그쪽으로 기울다

헛걸음

임 계시는 마을 가는 길에
안개가 차곡차곡 포개져서
무르팍으로 바닥을 긁다가
곁에도 못 가 보고 헛걸음만

마늘밭을 지나며

늦봄 길쭉 삐쭉 잎사귀들
구름을 빚어
밑으로 꿀을 내리다
뿌리도 카랑카랑
밥을 마구 퍼 올리다

멈칫 눈물이 맵다

열예닐곱

냇물을 걷어차 엎질렀다
거칠게 출렁인다
속살 물갈퀴 자국 퍼렇다

갯돌에 젖어

물길 빗장 푸는 소리에 끌려
발바닥이 따끔하게
자갈밭을 맨발로 걸었습니다

그래 빗물인지 밥물이거나 또
어디까지 흐를 거야 따져도
물 타래 대꾸나 하겠습니까

뒤늦게 자갈밭에 넘어져
옆구리 가슴팍을 마구 비비며
명치 아래쪽이 텅 비도록
어느 이름 하나 품지 못하고

냇물도 흐르다 지쳐
제집으로 돌아가고 난 뒤까지
버력들 함께 몸짓을 뒤틀며

갯돌에 젖었습니다

겨울 한 묶음

섣달그믐이다

나무들 모두 제자리에서
웃통을 벗고
밤새 눈 이바지로
철철 매 맞다가

어깻죽지 안쪽에 씨눈 감추고
버팀을 서로 베끼며

더듬어도 소리는 멀어
바람이 차곡차곡 쌓이다

한겨울 말 묶음
하얗다

단추를 옮겨

해 그물에 걸려 고개를 돌리다
어깻죽지에 찬바람 들어
목 단추마저 채운다

아직 철이 덜 들어서 그런지
소매 끝이 느슨해
한 매듭 옮겨 달다

아침저녁이 다르게
헐거워져
줄곧 따라다니며 보챈다

봄 무침

물감을 묻히다가
고들빼기 는개 햇발 흙손으로
지난여름 풋마늘 굵게 다짐도
무침

봄 너무 나댄다

크낙새를 찾아서 10

— 우리 포세이돈이여

소공동 호프집을 허파 밑에 끼고
돌 때 광화문 넓은 길도
자꾸 발밑에 설고 하늘이 마치
돈짝만 하게 끝동에 매달려

허물 같은 헛물로 밤새
뭇 입술이 할퀴고 간 삭신이며
겉살까지 배어나는
속살의 노래여

맘 놓고 웃음 뒤에 숨는 것들과
속이 하도 짠해서 손잡고
속으로만 우는 이웃들 모두
옹골지게 한때를 살아내야 해

썩어서도 이 땅에 바칠 몸 하나로
흰 빨래 줄줄 끌어 닦고 갈아 내는
막말 같은 다짐

열두 발 빨간 댕기 휘날리며

바닷물 펄펄 끓여
프로펠러를 돌리는

다시 포세이돈이여

울돌목 너울쯤 한숨에 분질러
새벽부터 초공동*으로 날다

* 바다 속에서 이루어지는 슈퍼캐비테이션 – 초공동(超空洞)

크낙새를 찾아서 11

말갈기 거머쥐면
몽골도 말갈하게
활시위 당길 때 서모도 못 말려
쇠스랑
비켜 차고 안시를 품었다

떼 지어 이무기*
터앝 덤빌 테면
미리 흙 속에 물푸레나무를 심어
대칼을
날리면서 몸살로 부서졌다

한 푼도 남김없이 다 갚아야겠거니
저들에 나아가
더 뺏지 않아도 돼
갈면서 지키는 것
우리 밭 한 뼘까지

* 수십만 군사로 고구려를 쳐들어온 이세민

크낙새를 찾아서 12

— 완서님께 꽃씨를 부치며

후춧가루처럼 잘 보이지도 않을 만큼 작은 씨앗은
알릿썸(alyssum)이라는 꽃인데요, 집 둘레 어디나
심어 놓으시면 귀찮을 만큼 저들끼리 잘 자라 꽃을
키웁니다. 햇살 좋은 여름날 한낮엔 꽃 냄새가 마치
집을 하늘로 밀어 올릴듯 했습니다. 늦가을 떨어진
씨앗들이 새봄엔 어김없이 싹이 터서 지네들 맘대로
번져 피더군요. 늦봄부터 서리 내릴 무렵까지 낮밤
없이 그리합니다. 날씨 가물 땐 물만 조금씩 던져
주시면 딴 투정은 없을 겁니다.

보내 주신 봉숭아꽃들, 올해도 우리 마을 붉었습니다.

2008년 12월 17일 뉴욕에서 김형오 드림

김 형오 선생께

올해도 뜰에 봉숭아 씨를 뿌리셨는지요.
봉숭아는 번식력이 강하고 씨가 멀리까지
퍼져서 씨 안뿌려도 멀리까지 잘 번지는데
그곳에선 어떤지 잘 모르겠군요.
이 곳은 몹 껴울 추위가 유난했더래서 그런지,
복수초가 된 것 외에는 마당에 아무런

봄기운도 느껴지지 않습니다. 일기예보에선
오늘 저녁에도 또 눈이 올거라고 전하는군요.
3월이 다 가오는데 말입니다.
 올가을에 산문집에 한편 내놓을예정 외엔
소설은 책을 낼 만큼 모이질 않았습니다.
마침 후배들과 같이 묶인 자전소설집이
나와 보내드립니다. 일독을 부탁드립니다.

                    2010. 3. 26   박완서

크낙새를 찾아서 13

누님을 각시바위까지 바래다주고
채기산을 내려올 때부터
자꾸 뒤를 밟히는가 싶더니
어느새 맨해튼까지 따라와서
모퉁이마다 내 이름을 불러 주다

타임스퀘어 꼭대기에
나부끼는 디지털 낱말들이
검은 머리카락을 쥐어뜯어
겉살이거나 숨통이거나
어쩔 수 없어 발을 동동 구르다

어둠이 다 어두워지고도 어둠은 남아
가깝게 깜박거리는 카시오페이아
스르르 빗장을 들어 주며
속을 지르다

거룻배 하나 헛기침 몇 가닥 태우고
롱아일랜드 싸운드 나들목
어기차게 되짚어 나설 때

누님이 앞장서 새벽을 끌어와
뱃머리 마파람에 불을 댕겼다

크낙새를 찾아서 14

— 갓대 솔바람

매배미 바삐 돌아

앞 냇물 찰랑찰랑

뽕나무밭 허물어 새길 옆에

판쇠아재 누렁소 쟁기 걸어 끌끌

자갈논 서 말 갓지기 엎었다 뒤집었다

밥 한 그릇이 참말로 무서운 것

가난도 오래 가꾸면 힘이여 힘

헌 집 건너 새집 어깨 들어

앞 배코 카랑카랑

갓대* 솔바람

* 전북 순창 적성면 지북리의 옛 이름

크낙새를 찾아서 15

— 김용택 도랑치기

용태기가 코흘리개 적
진뫼마을 가무잡잡 질쇠아재는
힘깨나 좋게 부지런해

새벽보다 먼저 논밭일 다듬고
바짓가랑 이슬방울 툭툭 털며
쌀수니 아내 헛기침에 깨우다가

혀만 끌끌 차면서
늦잠거리 누렁소
코주름 비틀다가

참말로 거짓말맹키
앗다 비가 좀 와야 쓰겄는디

크낙새를 찾아서 16

— 들깻잎 안옥희

안쪽에 구슬 빛 감추고

의주군 고진마을 논밭을 걷다가
열대여섯 콩닥콩닥 그
풋 가슴에 덜컹 천둥을 받아
밤새 흔들리며 길을 물었지

38선 비켜날 땐 숨마저 들켰을라
아지매 사투리야 세끼를 굶어도
이깟 따돌림쯤 키워 내면 서울답게
어딘들 살 붙이다 못살겠더냐

맘먹고 허드슨 골짜기 심줄을 당겨
그래 여기다 고추를 심어야지

왼 삭신에 옻이 번지듯
허리 덜 빠지게 가꾸면서
지붕이 줄줄 새는 아메리카에
오지랖 헛바람 함께 가는 날

안으로 구슬을 챙겨 반짝임

안옥희安玉熙 —

1920. 8. 16. 평안북도 의주군 고진면 낙천동에서

천석지기 넉넉하게 사는 집 맏딸로 태어남.

열다섯 살 때 평양 정의고녀에서 감리교를 받음.

열아홉 살에 신의주 부잣집 아들 정병옥의 아내가 되어

한때 압록강 건너 만주 땅에서 방앗간을 돌렸지.

1948년 죽자 살자 서울까지 내려와 자리 잡다.

1975년 괴이던 임께서 옆자리마저 비워 버리자

1982년 막내딸 손에 끌려 뉴욕에 살면서 옻나무

묵정밭 쐐기풀 걷어 내고 고추 실파 들깨를 키워

오천 달러 마련해서 비 새는 지붕 고치는 데 보태려고.

크낙새를 찾아서 17

― 귀래정에 올라

아우만한 언니라고
그보다 미뻐 좋더니

때가 잠깐 어긋났기로
아내 버선발째 그냥
남산대에 내렸다면

맷담배 헛기침 퉤퉤 뱉으며
아미산 거덜 내는 뭉게
뭉게구름은 왜 째려보시는가

몰라 말로는
참말로 모를 것이
그래 뭘 불러서 또 오래

속귀 멀리 열어 놓고
다시 올 날 못 참음이
어찌 끝배* 그대뿐이랴

*글줄깨나 읽어 세종 때 문과에 들고 형 신숙주

뒷배 받아 잽싸게 벼슬길에 오른 신말주.

세조가 내린 자리 사내답게 뿌리치고 아내 고향

옥천골 남산대로 내려와 귀래정 걸어 놓고 서거정

강희맹까지 불러다 술청 끼고 노래 짓더니 끝내

귀래 버려두고 못이긴 척 감투 잡이 나섬이랴.

크낙새를 찾아서 18

― 가거라 38선

하늘 못 꽁꽁 얼어 눈 더 내린다
이어섬 물 언덕에 우리 해를 걸고
누구나 외쳤더라 소리 쉬도록

38선아 가거라*

네가 살아야 나도 산다는**
빨치산 김영의 가막골 휘날림도
끝내 화살마저 불 질렀다

윗마을 아랫녘 겨레말들이
널문다리***에 다시 돌아와
가만히 한나라 묶어 내고 있나니

먹성 굵은 일꾼들은 좀 비켜 서
기어이 우리가 맨발로 나섰다
개마고원 훌쩍 넘어
광개토 복숭아뼈까지 찾아오리라
두 주먹 내 땅에 하나뿐인 이웃끼리

아아 가거라 38선

* 이부풍이 말을 짓고 남인수가 불렀던 노래

** 빨치산 시인 김영의 '깃발 없이 가자'

*** 판문점 '돌아오지 않는 다리'의 옛 이름

크낙새를 찾아서 19

— 이어야사나

사내들 못 말려 마라섬
가거들랑 고개 번쩍 들고 해
똑바로 보면서 조곰 아래쪽으로
굶으나 먹으나 물질 허영
149km 마파람 걷어차
간물때 4.6m
이어섬 들멍날멍 물기둥에
조붓이 걸터앉아
소낭 뱃머리 관솔불* 거머쥐고
내 아들놈과 지애비랑 벼릿줄
또 149km 널리 번져라
우리 바당 하늘 닳도록
이어서 어멍 이어도사나

* 우리나라 해양과학기지

76

크낙새를 찾아서 20

식은땀 염통부터 도져
귀가 멍멍하고 허파에
바람 함께 들어 사는 것을
몸살을 앓으면서 알았네

써레를 끌다

두습배기 보습 밑을 찰찰
무논갈이 두 거웃씩 엎으며
한나절 써레를 끌다
뿔마저 저리 착하게 휘어서
밤새 울짱 뜸베질로
발톱까지 긁어 되새김
갈비 속 이자도 비문해서
얼마나 더 굽었을지 몰라

오막살이 집 한 채

넓고 넓은 바닷물이 멋대로
들어닥칠 때 이를 잽싸게
가두어 땡볕에 말리면

철모르는 막소금이란다

우럭 꽂게 뭐 잡혀야 말이지
가끔씩 뭍에 올라
멀건 소금 주섬주섬
내다 팔면 돈이 좀 되거든

들물이 국밥에 낮술 걸치고
한껏 숨을 골라 날물이듯
비린내 출렁 떡심이 당겨

밤낮 쓸려도 즐거워라 우리는
오막살이 집 한 채

넓어 넘는 바닷가에

외상술

첨벙첨벙 물 건너다
하루에도 서너 남짓 빠져드는
술 길에서
간밤 녀석들 헛소리에
속이 쓰리다
외상 좀 주라 술심아

예순여섯

밥 먹는 일만 배웠소

풀물

문득
길섶에 넘어졌다가
풀 꽃망울들을 보았다면서요

새삼
울렁울렁 보채는 속내
얽음도 죄 들었겠습니다

짐짓
돌아와 홀로 아득해서
그리 자주 아프십니까

안옹근이름씨

날마다 제멋대로 스치며
여러 몇 해를 이러다가
품 하나도 영글지 못하고
입때껏 안옹근이름씨

물에 떠서

소금쟁이 너 참
날렵해서 좋겠다
허파에 바람 들지 않아도
개울물 껑충껑충 건너뛰면서
거품 함께 구름 속살 흘낏 훔치다가

거기서 이끼가 미끈미끈 물었지
멀리 바다를 휘젓고 다니다 겨우
처마 밑에 들어 나직이 떠는 나무와
새벽 물위를 뚜벅뚜벅 걸어온 바람은
어디서부터 걸음을 감추었을까

물거미
굶어서 배고프게
빗금 위에도 그물을 치는 일

저울에 달려
거울을 보면
너 또한 가벼움이 좋으냐

어두워짐으로써 밝히는 일

장은정 (문학평론가)

　시가 어째서 존재하는지에 대해 많은 의견들이 있어 왔지
만, 아름다움을 노래하기 위한 것이라는 설명은 폭넓은 동의
를 얻어 왔다. 전통적으로 이 아름다움이란 자연에 대한 경탄
에 바쳐져 왔으나 현대시에 이르러 여전히 자연을 노래하더라
도 좀 더 미묘한 아름다움을 발견하는 것으로 바뀐다. 오늘날
의 시란 관습적인 시선 속에선 얼핏 숨겨져 있어 잘 드러나지
않는 찰나의 미묘한 아름다움을 포착하는 것이라 할 수 있다.
일상 속에서 앙상하게 말라 가던 시적 대상들은 '자신이 가장
빛나는 순간'이 발각되기를 숨죽여 기다리고 있다. 하지만 기
다리는 것은 시적 대상만이 아니다. 시인은 생활인과 기능인
으로서의 관습적 삶으로부터 늘 저항하는 존재이며, 그 저항

의 노력 속에서 관습적인 시선을 찢고 나타날 어떤 아름다움과의 마주침을 기다린다. 마치 그 마주침이 이 숨 막히는 일상에서 서로를 구해 내기라도 할 것처럼 그들은 서로를 간절히 기다리고 있다.

　꽃과 눈을 마주치는 일은 시인이 그 기다림 속에서 마침내 아름다움을 만나는 전통적인 방법이었다. 계절이 오감에 따라 피었다 지는 꽃들을 문득 마주하는 일은, 언제나 우리를 새롭고 벅차게 하지 않는가. 아마 활짝 피어난 꽃에게서 우리가 느끼는 놀람은 아무도 보아 주지 않는 곳에서 햇빛과 바람과 물을 빚어 스스로를 피워 올리는 작은 묵묵함 때문일 것이다. 하지만 이 글을 본격적으로 시작하기에 앞서 먼저 물어야 할 것이 있다. 꽃의 아름다움을 노래하는 일이 이제는 문득 공허한 일은 아닌가. 이 작은 꽃의 강인한 아름다움에도 불구하고 세상은 잔인하고 비참하게 작동하고 있으므로. 우리는 꽃에게 감탄하고 그 떨림으로 시를 쓰거나 읽은 뒤, 이 참담한 세상에 가담하기도 하지 않는가. 꽃을 노래하는 일이 세상을 더 아름답게 바꾸는 혁명이 되어야 한다고까지 말할 필요는 없겠지만, 시적 진실이 세상의 일부가 아니라 전체를 밝히는 일이기를 원하는 것 역시 시가 더욱 가치 있는 것이기를 바라는 마음의 일일 것이다. 그런 의문 속에 있다가 이런 시를 읽었다.

가지 하나에서

잎이 열리고 꽃불 진다는 게

사뭇 다른 말 같아

눈치 없이 물어보고 있습니다

하루 밀치고 나서면

갈래 길 한쪽에 모개로 걸어

뒤태 기웃거리지 말라 하시던

어머님 말씀 깜박 잊고

대낮에 어둠같이 허덕입니다

꽃을 다시 보면

저 많은 일들이 어찌 다

같은 가지에서 이루어지나요

─「꽃을 다시 보면」전문

꽃을 노래하는 시처럼 보이지만, 엄밀히 말해 이 시가 바라
보고 있는 것은 '가지'이다. 같은 가지에서 잎이 열리고 꽃이
피고 또 진다. 관습적 시선에 저항하지 않는다면 그것은 그 무
엇보다 자연스러운 일처럼 여겨지겠으나, 시인에게 이 사실은

시적 충격을 안겨 준다. 잎을 열리게 하는 가지와 꽃이 져 버린 가지가 동일한 가지의 두 얼굴이 아니라 전혀 다른 가지처럼 여겨졌기 때문일 것이다. 하나의 통일성으로 통합되지 않는 가늠할 수 없는 괴리에 대한 시적 체험이기에, 시인은 "잎이 열리고 꽃불 진다는 게 / 사뭇 다른 말 같"다고 느낀다. 즉이 시에서 시인은 기다림 속에서 마침내 꽃의 아름다움을 마주한 것이 아니라 피상적인 아름다움 속에 숨겨져 있던 어떤어둠을 발견한 것이다. 그리하여 그는 "갈래 길 한쪽에 모개로걸어 / 뒤태 기웃거리지 말라 하시던 / 어머님 말씀 깜박 잊고 / 대낮에 어둠같이 허덕"인다. 빛으로 가득 찬 대낮 속의 깊은어둠이란 꽃이 피는 일과 꽃이 지는 일 사이의 화해되지 않는이질성에 다름 아니다. 그 어둠을 또렷하게 인식한 뒤 "꽃을다시 보면" 놀람 가득한 표정으로 묻지 않을 수 없다. "저 많은 일들이 어찌 다 / 같은 가지에서 이루어지나요"라고.

　김형오의 시는 여러 층위로 나뉘어 다양하게 설명될 수 있지만 「꽃을 다시 보면」은 그 여러 층위의 가장 본질적인 곳에자리해 있다고 할 수 있다. 전통적인 서정적 어법을 시적 주체가 자신에게서 나온 실을 크게 끌어내어 세계를 꿰어 매듭짓는 것이라고 비유적으로 정의할 수 있다면 그의 시는 대부분서정적 어법을 크게 벗어나지 않는다. 하지만 한 시인의 시 세계란 어떤 경향의 양(量)을 따져 정의되어선 안 된다. 오히려

일반적인 경향을 아슬아슬하게 비껴 나가는 단 한 편의 시, 아
니 심지어 단 한 구절이 하나의 시 세계를 일관적으로 설명할
수 없게 만든다면 그곳에 더욱 적확한 본질이 있을 수 있다.
그러니 꽃의 의미와 아름다움이 아니라 어둠에 대해 놀라워하
는 이 시는 무엇보다 중요하게 다뤄져야 할 것이다.

　건드리지 마라 저
　몸 가만하게 내려
　스스로 말미암고 있거늘

　펑퍼짐 널브러져 이웃들
　서로 아깝게 보살피면서

　안팎으로 참 시끄럽다가도
　다들 버틸 자리를 지킴

　더 두고 보아라 그냥
　저절로 그러하지 않느냐

　　—「봄 서울」 전문

풀씨를 심는다는 것은

흙 한쪽이 비었다는 말

얼떨결 날씨를 밟고

울 넘어 진달래 훔치다

봄날이 들켜

—「들키다」 전문

　이러한 어둠을 기반으로 하였을 때, 그가 바라보는 아름다움의 시적 의미 역시 정확하게 짚어낼 수 있다. 「봄 서울」에서 무엇보다 중요한 시적 진술은 "건드리지 마라"일 것이다. 이 태도는 시집 전반에서 공통적으로 발견되는 것으로, 그는 이미 존재하는 것들을 인간화시키지 않고 있는 그대로 둘 때 가장 아름답다고 여기는 듯하다. 그것은 어떤 인위성도 제거된, 가장 자연스러운 상태이다. 이는 스피노자를 연상시킨다. 우리는 흔히 자유를 많은 선택권을 가진 상태로 연상하곤 하지만, 반대로 스피노자에게 자유란 내적 필연성을 따르는 일이었다. 중력에 의해 물이 위에서 아래로 흐를 때 물은 가장 자유로우며 그 흐름을 거스르는 것이야말로 물의 부자유한 상태인 것이다. 자유에 대한 스피노자의 정의를 따르자면 오히려 자유란 모든 부차적이고 비본질적인 선택권이 사라지고 가장 본질적인 단 하나의 원리만이 남아 있는 상태에 가깝다고 할 수 있다. 그는 시적 대상에게 수사학적 장식물들을 덧대는 대신 그 모든 장식물을 걷어 냄으로써 새로운 시적 활기를 불어넣고자 한다. "스스로"라거나 "저절로"라는 표현들은 시적 대상이 그 내부에 이미 갖고 있는 내적 완결성이 가진 완전함을 한층 더 강하게 부각시킨다.

이러한 태도는 「들키다」와 같은 시편에서 더욱 여실히 드러난다. 다섯 행으로 이루어진 이 짧은 시는 봄을 그리는 시이다. 흥미로운 것은 그 봄을 그리는 방식이다. "풀씨를 심는다는 것"은 인간이 자연에게 인위적으로 어떤 사건을 만드는 일이다. 한 사람이 풀씨를 심는 모습을 상상해 보자. 그는 땅의 어떤 부분을 밟고 쪼그려 앉아 땅을 파곤 씨앗을 넣고 다시 흙을 덮는다. 하지만 그런 행위가 이루어지기 위해서는 비어 있는 한쪽이 필요하다. 그래서 시인은 인간의 행위 이전에 존재하는 비어 있는 공간을 발견하고, 사실 그 비어 있는 곳이 봄으로 가득하다는 것을 바라본다. 봄은 아직 보이지 않지만 인간이 심어 놓은 씨앗을 피워 올리면서 스스로를 드러낼 것이다. "얼떨결 날씨를 밟고 / 울 넘어 진달래 훔치"는 것은 누구인가. 씨앗을 심는 사람으로 볼 수도 있겠지만, 그 자체로 봄의 모습일 수도 있다. 중요한 것은 비어 있는 곳에 가득 차 있는 봄의 온기이며, 감춰져 있던 봄이 진달래를 통해 슬며시 드러나는 순간이 시적으로 포착되어 있다는 점이다. 그것은 사람의 행위 이전부터 있었고 행위 이후에도 있는 것이며, 엄밀히 말해 사람과 무관하게 있는 것이다.

자연을 노래하되, 인간이 자연에 부여한 의미들을 모두 걷어 낸 있는 그대로의 자연을 바라보고자 하는 그의 시적 태도는 히말라야를 두고 "무턱대고 기어오르라 / 세워 놓은 게 아니"라고 진술하는 것(「언덕을 오르다」 중) 혹은 "겹 물살 꺼풀 그냥 냅 둬"라고 소리치는 것(「사공님 물살 쳐요」 중)과 같은 데서 일관적으로 나타난다. 하지만 여기서 우리가 주목해야 하는 것은 있는 그대로의 자연을 노래하고자 하는 이런 태도엔 자연과 인간 사이의 깊은 괴리가 존재한다는 점이다. 서정시에서도 이제 자연과 인간은 긴밀한 연관으로 맺어져 있지 못하며 꽃이 피는 가지와 꽃이 진 가지는 하나의 자연스러운 가지로 경험되지 않는다.

그렇다면 우리는 아침의 가지와 저녁의 가지 사이의 어둠을 어떻게 이해해야 할까? 자연과 인간 사이에 놓인 어둠을 어떻게 이해해야 하며, 꽃의 아름다움에 감동하는 우리 자신과 돌아서서 잔혹한 세상에 가담하는 우리 자신 사이의 어둠은 어떻게 보아야 할까? 마치 실이 끊어진 목걸이의 구슬들처럼 우리는 어째서 이렇게 낱낱이 흩어져 있는가. 있는 그대로의 자연만을 노래해야 한다면 시가 다룰 수 있는 영역은 너무나 한

정적일 것이다. 그러니 다시 묻자. 이 낱낱이 따로 빛나는 순간들을 시가 꿰어 놓을 수는 없을까? 끊어진 실을 다시 엮는 방식이 아니라 오롯한 어둠으로.

나라고 어찌
너에게 하고 싶은 말이 없겠어
여태 보채며 숨겨온 걸
오늘 저녁 불어 버리면
밤마다 내려와 소복소복 자라는
새끼 별 다 놓치고
첫새벽
샘물 길러 가는 너의 옆모습
다시는 못 볼까 봐
이러고 있는 거야
속엣말 하나 이름보다
못 이룸들 더 키워야 해

—「해 바라기 말」 전문

왜 말이 없느냐는, 원망 섞인 질문을 받은 모양이다. 이 시는 침묵 속에 감춰진 것들을 이끌어 내려는 질문 앞에 몇 번

93

이나 삼켰다가 지긋이 꺼내 놓는 고백처럼 읽힌다. 화자는 자신의 침묵이 "여태 보채며 숨겨온 걸 / 오늘 저녁 불어 버리면 / 밤마다 내려와 소복소복 자라는 / 새끼별"을 다 놓칠까 봐, "첫새벽 / 샘물 길러 가는 너의 옆모습 / 다시는 못 볼까 봐" 그런 것이었다고 대답한다. 이야기하는 시간이 바로 '저녁'이라는 사실에 주목하자. 그리고 만일 저녁에 이야기를 풀어 놓았을 때 놓치게 되는 것들은 모두 저녁 이후의 일들이다. "소복소복 자라는 / 새끼 별"이 그러하고 "첫새벽 / 샘물 길러 가는 너의 옆모습"이 그러하다. 이 새벽의 일들은 화려하고 웅장한 빛이 아니라 여릿여릿한 빛에 가깝다. 이 빛이 더욱 반짝이기 위해서는 빛이 아니라 아주 깊은 어둠을 필요로 한다. 새벽의 빛남을 보기 위해서는 저녁의 언어를 아껴야 한다는 것. 저녁의 언어가 너무 밝거나 화려하다면 이 새벽의 빛은 시들고 만다는 것. 그것이 계속 침묵했던 이유인 것이다.

여기서 이 시집의 가장 중요한 시적 인식이 드러난다. "속 엣말 하나 이름보다 / 못 이름들 더 키워야 해"가 바로 그것이다. 하나의 가지 속에 예리하게 박혀 있는 어둠을 보았던 시인은 사물에게 빛을 부여하는 '이름'보다는 이름으로 부여되지 않는 '못 이룸'을 보호하고자 한다. 그것은 자연에게서 억지로 덧대어진 인간적인 의미를 걷어내는 시적 작업과도 상통한다. 마음속 깊은 곳에 감춰져 있던 말을 꺼내는 일은 쉽다. 그러나

때로 그런 일들은 자기 자신만의 진실인 경우가 많다. 그리하여 "여태 보채며 숨겨온" 것을 끝내 꺼내지 않고 침묵으로 대상을 쓰다듬으며 스스로 어둠이 되는 것은 너무 밝은 빛 속에서는 끝내 빛을 잃어버리고 마는 어떤 새벽의 일들을 반대로 밝히는 일이 될 수 있는 것이다. 김형오의 시는 흩어진 구슬들을 함부로 꿰지 않는 대신, 그 낱낱의 구슬들 사이의 어둠으로 길을 내어 만들고자 한다. 그러나 스스로를 어둠으로 채우는 일이 어디 쉬운 일이겠는가.

물길 빗장 푸는 소리에 끌려
발바닥이 따끔하게
자갈밭을 맨발로 걸었습니다

그래 빗물인지 밥물이거나 또
어디까지 흐를 거야 따져도
물 타래 대꾸나 하겠습니까

뒤늦게 자갈밭에 넘어져
옆구리 가슴팍을 마구 비비며
명치 아래쪽이 텅 비도록
어느 이름 하나 품지 못하고

냇물도 흐르다 지쳐

제집으로 돌아가고 난 뒤까지

버럭들 함께 몸짓을 뒤틀며

갯돌에 젖었습니다

　　— 「갯돌에 젖어」 전문

　앞서 자연과 인간 사이의 어둠에 대해 이야기했다. 그리하
여 시인은 인간이 개입되기 이전의 있는 그대로의 대상을 시
적으로 복원하고자 노력한다고 설명하였다. 많은 시들이 그러
한 태도를 지니고 있기 때문에 특히 이 시는 흥미롭다. 이 시
는 그 시들과는 다르게 자연과 '만나는' 순간을 그려 내고 있
기 때문이다. 이는 있는 그대로의 자연을 그리고자 하는 태도
를 가진 자가 다루기 힘든 시적 주제일 수 있는데, 왜냐하면
자연과 만나는 순간 그 자연에 대해 인간적 의미가 부여될 수
있기 때문이다. 그래서 이 시는 자갈밭에 대해 쓰는 대신, 자
연이 인간에게 스며드는 순간을 그린다. 화자는 "물길 빗장 푸
는 소리에 끌려 / 발바닥이 따끔하게 / 자갈밭을 맨발로" 걷
는다. 발바닥이 얼얼해지는 이 촉각은 단순히 시적 대상을 '보
는' 것이 아니라 '닿아' 있음으로서 가능한 것이다. 이 얼얼함
을 안고 물 앞에 서서 "빗물인지 밥물이거나 또 / 어디까지 흐

를 거야 따져" 보지만, 화자는 이내 인정한다. 자연과 인간 사이에는 건널 수 없는 어둠이 있기에 "물 타래 대꾸"도 없을 것임을.

묻고 답하는 덧없는 언어들을 주고받는 대신, 화자는 "뒤늦게 자갈밭에 넘어져 / 옆구리 가슴팍을 마구 비비며 / 명치 아래쪽이 텅 비도록" 스스로를 통증 속으로 몰아넣는다. 다음의 구절은 의미심장하다. "어느 이름 하나 품지 못하고". 이는 앞서 「해 바라기 말」에서 이름 붙이는 일들에 대해 저항하던 것과 일맥상통하기 때문이다. 자갈에 대해 이러저러한 의미를 덧대는 대신, 자갈밭에 넘어져 그 통증을 받아들여 어떤 이름도 품지 못하게 하는 것. 그것은 내부를 어둠으로 밝히는 일에 다름 아니다. 모든 이름을 내보내고 오롯이 어둠으로만 가득 채우게 되면 "냇물도 흐르다 지쳐 / 제집으로 돌아가고 난 뒤"에도 "갯돌에 젖"어 있게 된다. 중요한 것은 물에 젖어 있는 것이 아니라, 갯돌에 젖어 있다는 사실이다. 갯돌을 밟느라 생긴 따끔함이나 넘어져 생긴 통증을 그대로 품고 있으니 갯돌에 젖어 있다고 표현했으리라. 이는 갯돌에 시적 의미를 자의적으로 부여하는 것이 아니라 스스로 갯돌이 됨으로써 갯돌과 이어지는 시적 방법이라 할 수 있다.

하 이런 날엔

아파도 싸다

— 「낮달이 떴다」 전문

식은땀 염통부터 도져
귀가 멍멍하고 허파에
바람 함께 들어 사는 것을
몸살을 앓으면서 알았네

— 「크낙새를 찾아서 20」 전문

시적 대상에 인간적 의미를 부여하기보다는 있는 그대로 존중하는 태도는 이제 자기 자신의 내부에 가득 들어 찬 이름들을 게워 내고 스스로를 텅 비운 채 시적 대상과 '이름 없이' 만 남으로써 자신이 시적 대상과 닮아가는 방식으로 변형된다. 위의 시 두 편은 그러한 태도를 잘 보여 주는 시들이라 할 수 있다. 「낮달이 떴다」에서 화자는 몸이 아픈 상태인데, 그 아픔의 기원을 낮달에게서 찾고 있다. 물론 낮달이 떴으므로 화자가 몸이 아프다는 식의 인과관계가 성립되는 것이 아니다. 차라리 그것은 김형오 시의 시적 관계라고 정의 내리는 것이 더 적확할 것이다. "아파도 싸다"는 표현은 스스로에 대한 처벌

과도 같은 뉘앙스를 풍기는데, 그것은 스스로 자갈밭에 넘어져 통증을 받아들이는 것과 크게 유사하다. 그러니 낮달이 떴으므로 화자의 몸이 아픈 것이 아니라 낮달이 떴으므로 화자는 몸이 아파야 한다는 식으로 해석하는 것이 더욱 시의 속내를 살리기에 적합하다. 「크낙새를 찾아서 20」에서도 화자는 몸살을 앓고 있다. 식은땀이 "염통부터 도져" 있는 이 고통스런 상태는 뜻하지 않게 몸속에 "바람 함께 들어" 살고 있다는 인식을 가능케 한다.

앞서 글을 시작하며 일상 속에서 앙상하게 말라가던 시적 대상들은 자신의 가장 빛나는 순간이 발각되기를 숨죽여 기다리고 있고, 시인 역시 생활인과 기능인으로서의 관습적 삶으로부터 늘 저항함으로써 어떤 아름다움과의 마주침을 기다린다고 썼다. 김형오의 경우, 외부의 시적 대상과 화자가 교통(交通)하는 순간은 반드시 통증 혹은 아픔과 긴밀히 연관되어 있다. 그는 아침의 가지와 저녁의 가지 사이의 어둠, 자연과 인간 사이에 놓은 어둠을 그 자체로 시적 영역으로 삼는다. 그는 그 어둠 속으로 스스로 들어가 시의 자리를 만들고 시적 대상 역시 자명한 빛의 세계로부터 끌어내어 내부에 침잠해 있는 어둠을 밝히고자 한다. 그에게 있어 시적 대상이 오로지 화자의 고통을 기반으로 해서만 출현하는 것은 그가 바로 이 어둠의 자리를 시의 자리로 삼고 있기 때문이다.

술청마저 밀쳐 놓고

마을 밖에 나앉아

몇 밤을 길섶에 갇히다 보면

어느 새벽쯤

불꽃 두어 줄기 서둘러

댕기고 싶지 않으랴

머무르기도 버거운 자리에

어둠까지 야금야금 축내면서 또

한 열흘 더 엎드리다

선부름 헤집고 이슬 서너 방울

풀잎에 무너짐

—「풀잎에 무너짐」 전문

그러니 김형오의 시는 자신의 바깥으로 나서는 자의 시다. 아니 내부에서 스스로를 부단히 밀어내는 자의 시라 쓰자. "술청마저 밀쳐 놓고 마을 밖에 나앉아" 그는 어디에 있는가. "몇 밤을 길섶에 갇"혀 있다. 또 어둠이다. 흥겨운 술판도 밀쳐 두고 안온한 마을도 버려두고 그는 스스로 어둠을 향해 걸어간다. 길의 중앙도 아니고 길섶으로. 그리고 몇 밤씩이나 스스로를 어둠에 처해 있도록 만든다. 마치 사람들 사이의 빛을 씻어 내려는 듯이. 그렇게 한참을 어둠 속에 갇혀 있다 보면 새벽이 찾아온다. "불꽃 두어 줄기 서둘러 / 댕기고 싶"은 시간까지 무던히 어둠 속에서 그는 기다리면서 "어둠까지 야금야금 축내면서 또 / 한 열흘 더 엎드"린다. 그는 도대체 무엇을 기다리는가. 놀랍게도 화자가 기다리는 것은 어떤 특정한 시적 대상과의 만남이 아니라, 자신이 완전히 무너지는 순간이다. "선부름 헤집고 이슬 서너 방울 / 풀잎에 무너"지기 위해 그는 밤의 가장 어두운 곳을 찾아왔던 것이다. 어둠 속에서 완전히 열리는 순간, 그는 풀잎을 만나는 대신 풀잎에 의해 무너진다.

시는 아름다움을 노래하기 위한 것이라는 설명은 시의 존재 이유를 해명하기에 여전히 유효하다. 김형오의 시 역시 시적 대상의 가장 빛나는 순간을 그려 내고자 한다는 점에서 이러한 정의 내부에 포섭될 수 있을 것이다. 그러나 중요한 것은 일반적인 정의에 서둘러 한 시인의 시를 포함시켜 모든 것을 이해하는 일이 아니라 그 정의가 설명해 내지 못하는 작은 차이가 가진 가치를 알아보는 것이다. 그의 시는 아름다움을 노래하되, 노래하는 자의 목소리를 어둠 속에 깊게 침잠시켜 스스로를 무너지게 함으로써 그 내부로 들어서는 아름다움만을 노래한다는 점에서 특별하다. 이때 우리가 누릴 수 있는 시적 자유란 대상에 의해 스스로가 완전히 사라지는 자유에 가깝다. 이 자유는 일상과 생활 속에서 견고하게 벽을 높여 왔을 '나'로부터 해방되는 기쁨을 누리게 한다. 이 글을 쓰며 아침의 가지와 저녁의 가지 사이의 어둠, 자연과 인간 사이에 놓은 어둠과 어떻게 화해해야 하는지 물었다. 김형오의 시는 이 질문에 대해 이렇게 답하는 듯하다. 스스로 어둠이 됨으로써 화해할 수 있다고. 가장 어두워짐으로써 너무 밝은 곳에선 빛나지 않는 아주 여린 새벽빛을 가장 반짝이게 할 수 있다고. 낱낱이 따로 빛나는 구슬과도 같은 시적 순간들은 이렇게 어둠으로 이어진다. 흩어진 채로.